Primera edición: septiembre 1991
Vigésima cuarta edición: noviembre 2008

Dirección editorial: Elsa Aguiar
Ilustraciones: Avi

© Isabel Córdova, 1991
© Ediciones SM
   Impresores, 2
   Urbanización Prado del Espino
   28660 Boadilla del Monte (Madrid)
   www.grupo-sm.com

ATENCIÓN AL CLIENTE
Tel.: 902 12 13 23
Fax: 902 24 12 22
e-mail: clientes@grupo-sm.com

ISBN: 978-84-348-3480-4
Depósito legal: M-45614-2008
Impreso en España / *Printed in Spain*
Orymu, SA - Ruiz de Alda, 1 - Pinto (Madrid)

EL BARCO DE VAPOR

Pirulí

Isabel Córdova

Ilustraciones de Avi

Roberta esperaba su primer hijo
con una gran ilusión y ternura.
Se había preocupado
de tener todo listo
para cuando el pequeño zorrito
llegase al mundo:
vestidos, pijamas,
calcetines, botitas...

Por fin
llegó el día tan esperado,
y el pequeño se anunció
a la vida
con un fuerte llanto,
muestra de su buena salud.
Ramón, su padre,
estaba muy feliz.
—Mira, Roberta,
nuestro hijo está sano
y es muy guapo.
—¡Oh, es tan pequeñín
y ya me quiere sonreír!

6

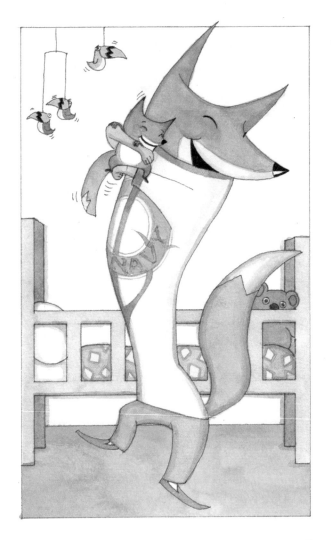

Acostaron al recién nacido
al lado de su madre.
Ella ya imaginaba a su hijo
convertido en un guapo mozo,
apuesto, inteligente
y admirado por todas las chicas.
Hicieron todos los preparativos
para el bautizo.
Compraron un hermoso vestido
y una tarta muy,
pero muy grande.
Dos canarios,
especialmente contratados,
distribuyeron las invitaciones.

De muchas partes
llegaron decenas de invitados:
renos saltarines,
ciervos retozones,
águilas majestuosas,
búhos sabios,

faisanes moteados,
perdices de la pradera
y hasta tortugas,
que aparecieron
cuando la fiesta
ya estaba empezada...

Al zorrito
le pusieron el nombre de Pirulí.
Después de la ceremonia
se sirvió un gran banquete,
en el que actuó una orquesta
de mirlos blancos
y ruiseñores del trópico.
Se bailó hasta muy tarde.

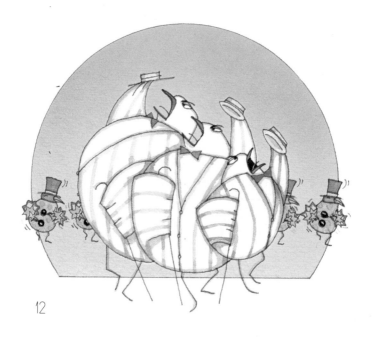

13

Pirulí fue creciendo
con muchos mimos
por parte de sus padres.
Al pequeño
jamás le dejaban salir a jugar
con los demás zorritos del pueblo,
por el temor
de que sufriera un accidente
o se ensuciara el pelaje.
Roberta se pasaba muchas horas
contemplando a su hijo.

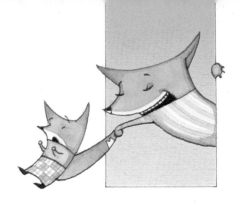

–Eres tan guapo, mi pequeño...
Tus ojos
son color de miel,
y tu hocico, muy perfilado.
Mi Pirulí,
tienes la piel de suave terciopelo,
la cola esponjosa
y unos andares garbosos,
que si te vieran en la ciudad,
todos sentirían envidia de ti.
Pirulí, sentado en el sofá,
erguía la nariz
y meneaba la cola.
Y así,
pasaron los meses y los años.

Un día,
Pirulí le pidió a su madre:
—¿Puedo ir de compras contigo
para conocer la gran ciudad?
La madre se asustó.
—¡No, te podrías perder!
Pirulí se puso a llorar
y enjugó sus lágrimas
con la punta de su cola.

–¡Niño,
que arruinas la mota blanca
de tu cola!
Pirulí siguió llorando.
–¡Que te arruinas los ojos
y las pestañas!
–¡Quiero ir, quiero ir!
Roberta consultó a Ramón.
El padre aceptó,
y ella tomó las precauciones
para que no le pasara nada
a su hijo.

—Vamos, Pirulí;
pero no te apartes de mí,
no sea que, al verte tan guapo,
alguien por ahí te pueda robar.
No habían salido de su casa
y Roberta seguía diciéndole:
—Cuidado, mi niño.
La ciudad es muy bella,
pero está llena de peligros.
No hables con extraños
y no dejes que nadie acaricie
tu fino pelaje.
Recuerda:
como buen zorrito,
debes andar con cuidado
y estar siempre cerca de mí.

Elegantes y muy limpios,
llegaron a la ciudad.
Pirulí miraba deslumbrado
las fuentes y los parques,
el estanque y las flores,
las calles arboladas
y las tiendas multicolores
con grandes escaparates
que ofrecían
todo cuanto se puede soñar.
—¡Oh, mamá, qué gran ciudad!
Ella sonrió complacida.
—Sí —le dijo—,
es muy grande,
y uno se puede perder.

Cansados y sudorosos,
descubrieron una heladería
y, naturalmente,
Pirulí quiso un helado doble.
Roberta se acercó al cajero
para pagarlo,
y tan sólo por unos instantes,
mientras recibía el cambio,
se descuidó de su hijo.
Eso bastó
para que Pirulí desapareciera
de su lado.

–¡Dios mío, mi hijo!
–gritó desesperada–.
¡Piruliiií, Piruliiií!
No puede ser,
si hace unos segundos
estaba a mi lado...

Roberta tiró los helados
y corrió muy angustiada
en busca del pequeño.
Preguntó a todo el que pasaba
si había visto
a un precioso zorrito
de pelaje castaño y oro viejo,
nariz de azabache
y pecho blanco,
de mirada tierna
y encantadora sonrisa,
gracioso,
muy elegante y gentil...
Pero nadie le daba razón.

Una paloma copetuda
le comentó a su amiga:
—En toda mi existencia
jamás he visto un zorrito
tan perfecto y hermoso
como lo describe esta señora.
—Ni yo
—le respondió la otra.

Roberta,
con la desesperación
que toda madre siente
cuando ha extraviado a su hijo,
ya no sabía qué hacer
ni adónde dirigirse.

Sus pisadas
se convirtieron en carreras
de un lado a otro,
de una esquina a otra.
Por fin llegó
al gran parque del estanque,
y en una de las ramas más altas
de un frondoso árbol
divisó a un águila
que contemplaba el firmamento.
Levantó la voz
con todas sus fuerzas:
—¡Señora águila,
usted, que conoce el universo
y recorre el mundo,
por favor,
ayúdeme a encontrar
a mi pequeño Pirulí!

El águila extendió sus alas
y descendió de lo alto
para que Roberta
no tuviera que hablar tan fuerte.
Al ver la enorme pena
que sentía la madre,
le dijo:
—No se preocupe, señora.
Dios me ha dado la virtud
de ver hasta el punto
donde se separa
el día de la noche,
o donde nace y muere
el arco iris,
y el principio y fin de los ríos.
Y mis alas, señora,
me llevan libremente
por lo más alto del cielo.

Ya no llore más;
desde arriba
podré descubrir a su hijo
—y la bondadosa águila añadió—:
Descríbame al pequeño.
—Es majísimo.
No existe
en muchos kilómetros
a la redonda
un zorrito como él.
Tiene el cuerpo cubierto
con el más fino terciopelo
y una mota blanca
en la punta de la cola.
Sus patas calzan botas
de gamuza negra.
Camina con tanta gracia
que poco le falta para volar.

Sus ojos de caramelo,
amiga mía,
sus preciosos ojos
envuelven de dulzura
todo cuanto ve...
¡Así es mi querido,
mi adorado Pirulí!

—Señora,
he volado por todas partes,
he recorrido
los cuatro puntos cardinales,
los seis continentes
y los siete mares,
pero jamás he visto,
en toda mi existencia,
un zorrito
como el que usted me describe.
Sin embargo,
si lo encuentro,
se lo traeré.

El águila emprendió el vuelo
en busca de aquel zorrito
tan hermoso y excepcional.
Roberta,
desde la tierra,
siguió agradeciendo la bondad
de su amiga.
Esperó y esperó,
y el águila no volvía.

Roberta, intranquila,
preguntó a un ratoncillo
que pasaba por allí:
—¿Ha visto un zorrito
de color castaño,
con mechas doradas
y airecillo de marqués?
Tiene las orejas negras,
altas y afiladas.
Su voz es incomparable,
y en las noches de luna,
o cuando está triste,
no aúlla, canta...
¡Así es mi querido,
mi adorado Pirulí!
Pero el ratoncillo
tampoco había visto
aquella maravilla.

Pronto la pobre Roberta
tuvo los ojos
muy hinchados de tanto llorar.
Aun así,
subía a los tejados de las casas
y hacía unos esfuerzos
tan grandes, tan grandes
para abrir los ojos
que no dejaba un solo rincón
sin explorar.
Miraba desesperadamente
a todos los zorritos
que encontraba.
¡Qué va!
Ninguno se parecía
a su pequeño Pirulí.

De malva y rosa,
el cielo anochecía.
Las luces de casas y parques
se habían encendido.
Roberta bajó de los tejados
y caminó
hasta un parque más pequeño.
En la rama
de un pino centenario
vio un búho
y se dirigió a él.
—Señor búho,
Dios le ha dado la virtud
de mirar
en la oscuridad de la noche;
ayúdeme a encontrar
a mi pequeño hijo.

—No se preocupe,
yo la ayudaré;
mis ojos tienen la facultad
de perforar la oscuridad
y las tinieblas...
Pero dígame,
¿cómo es su hijo?

44

—Es el más guapo del mundo.
Su brillante pelaje es envidiado
por los rayos del sol.
Sus ojos rasgados
y color de miel
parpadean
con el suspiro del viento.

Su hocico,
¡señor mío!...
¡Oh!
Su hocico es tan arrogante
y puntiagudo
como la torre más alta
de la ciudad...
¡Así es mi querido,
mi adorado Pirulí!

Y a medida que Roberta
seguía describiendo a Pirulí,
los ojos del búho se abrían tanto
que parecía que iban a estallar.
—¡Oh, señora!
Nunca he visto
un ser tan extraordinario.

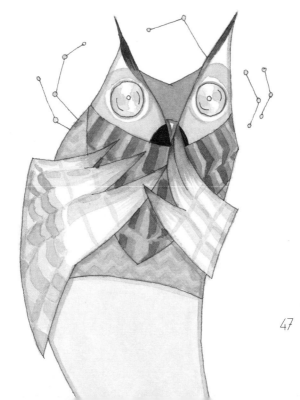

Yo estaba seguro
de que las luciérnagas
que alumbran el bosque,
o las gigantescas mariposas,
y los pequeños ruiseñores,
que con sus cantos matinales
dan alegría a la vida,
o aquella flor silvestre,
tan delicada,
que da fragancia y belleza
a este lugar,
eran los más bellos.
Pero no se preocupe,
lo buscaré
entre las sombras de la noche
y trataré de encontrarlo.
Esperó y esperó,
y el ilustre búho no volvía.

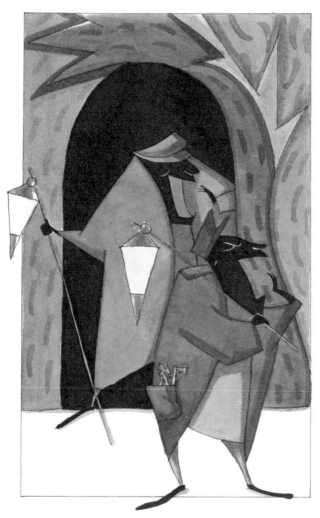

Roberta emprendió el camino
de regreso.
Por breves instantes
tuvo la sensación de que Pirulí
ya se encontraba en casa
con su padre.
Pero no;
si así fuera,
habrían salido a su encuentro.
Nuevamente
el llanto brotó de sus ojos.

De pronto,
se topó con una tortuga
que regresaba a su hogar.

Ansiosa, le preguntó:
—Señora tortuga,
usted camina con lentitud
y ve las cosas
con calma y sosiego...
Por casualidad,
¿no habrá visto
a mi pequeño Pirulí?

–¡Oh!
Yo he visto más que nadie
en la vida.
Así como me ve,
ya he vivido ciento ocho años
y espero vivir el doble;
pero dígame,
¿cómo es su pequeño?

—Es de un tono caoba claro,
y su pelaje es tan lustroso
y brillante
que por las noches
refleja las estrellas.
Tiene una cola esponjosa,
y sus ojos, amiga mía,
son del color
de una hoja en otoño.
Sus pestañas
son como dos almendros en flor;
a su lado,
los luceros se quedan chicos.
Y sus manos se abren
como dos pétalos
que quisieran ser tocados
por el rocío del amanecer...

¡Así es mi querido,
mi adorado Pirulí!
–Un animal como ése
es de otro mundo, señora;
jamás he oído que exista...

Pero lo que sí acabo de ver
en aquella esquina,
llorando
y apoyado contra la pared,
es un zorrito legañoso
que apenas puede abrir los ojos,
tiene la cola pequeña y caída,
opaco pelaje
y un hocico pequeñajo
con unos dientes deformes
y poco afilados.
No creo que sea
el que me describe.

Aquel zorrito
no podía ser su hijo.
¡Seguro!

De todas formas,
Roberta se dirigió a comprobarlo.

Y vio,
con asombro,
a su pequeño hijo
apoyado contra la pared,
con los ojos llorosos.

Gritó de alegría
y, abrazándole, le dijo:
—Mi Pirulí,
mi pequeño Pirulí,
mi hermoso Pirulí,
nunca te alejes de tu madre
porque te pueden robar.
¡Eres tan guapo!
Y no sé por qué
aquella tortuga
me ha dicho lo contrario...
—Sí, mamá.
—Yo te lo dije,
te lo advertí.
En la ciudad hay muchos peligros.
¡Oh, Pirulí,
estuve a punto de perderte
para siempre!

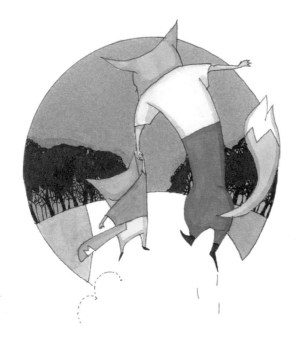

Abrazó
y besó muchas veces a su hijo.
Tomados de la mano,
regresaron a casa
y encontraron al padre,
que, alarmado por la tardanza,
los aguardaba en la puerta.